# DISCOURS.

27 A

# DISCOURS

*SUR*

## LES JOUISSANCES

*DES*

## GENS DE LETTRES;

Par M. BERRIAT (Saint-Prix).

———◦❍◦———

*A GRENOBLE,*

DE L'IMPRIMERIE DE J. H. PEYRONARD.

*Et se trouve,*

A Paris, chez GOUJON, rue du Bacq, N.º 34.

1807.

276

# DISCOURS

## SUR LES JOUISSANCES

## DES GENS DE LETTRES,

PRONONCÉ *à la Séance publique de l'Académie de Grenoble, le 20 Avril* 1807.

L'ACADÉMIE de Grenoble vient, pour la 8.e fois, soumettre au Public quelques-uns des produits de ses veilles. L'empressement universel des membres des Sociétés Littéraires à se réunir, à sacrifier leur tems et jusqu'à leur fortune à des travaux pénibles, doit piquer quelquefois la curiosité, et même exciter la surprise. Quels fruits ont-ils, en effet, à retirer de ces travaux ? Est-ce l'intérêt ou l'ambition, en un mot quelques-uns des mobiles les plus puissans de l'homme, qui les déterminent à s'engager dans une carrière difficile ? Cependant, presque tous les ouvrages où l'on a parlé de la profession des Gens de Lettres, ne contiennent que des plaintes amères. Ceux des Auteurs à qui cette profession a procuré de la félicité, y sont indiqués comme des phénomènes ; ceux pour qui elle a été une source de peines et de misères, y sont cités en grand nombre (1). Tournés en ridicule par la multitude, déchirés par leurs rivaux ou leurs inférieurs, méprisés par les grands, persécutés par l'envie ou le pouvoir, les jouissances morales leur ont été étrangères. Pour un Pline, pour un Addisson, justement appréciés ou dignement honorés de leur vivant, on cite vingt Miltons, dont on n'a célébré le génie qu'après leur mort, ou qui n'ont trouvé de la tranquillité que dans la nuit du tombeau ; vingt Homères, dont on n'a cherché à connaître la patrie que quand il n'en était plus pour eux.

Ils n'ont pas été plus favorisés quant aux jouissances physiques : souvent même le nécessaire le plus étroit leur a manqué. Si un Sénèque, un Amiot, ont acquis une grande opulence, mille autres ont végété dans la détresse. Une mendicité avilissante n'a pu prolonger les jours de Marot et du Camoëns ; et l'hôpital, cette dernière et si triste ressource de l'extrême pauvreté, a été l'asile forcé où Henri Étienne et l'auteur de l'Élève de la nature ont terminé leur existence !...

Néanmoins, non contens de se livrer en secret à l'étude et à la composition, ou de ne soumettre au

---

(1) Voyez la note (a) à la fin de l'Éloge.

public leurs écrits que lorsqu'ils le jugent à propos, on voit presque tous les Gens de Lettres renoncer à cette précieuse indépendance, et s'assujettir à des obligations quelquefois gênantes : on les voit, par exemple, s'agréger à des sociétés où on leur demande des méditations, des recherches, des expériences, des rédactions d'ouvrages ; où l'on demande, nous l'avons dit, qu'ils sacrifient une partie de leur tems et de leur fortune pour tâcher d'éclairer ou de distraire un public ou une postérité dont ils n'ont pas toujours à attendre de la reconnaissance, quoiqu'ils n'en exigent presque aucun sacrifice.

Le nœud de cette énigme est assez piquant à chercher. Ne le trouverait-on point dans la nature de l'homme, qui semble le disposer à sentir la douleur, plus qu'à apprécier le bien-être, et par conséquent, à se plaindre plutôt qu'à se féliciter ? Et de là, ne pourrait-on pas conjecturer que s'il y a eu plus de doléances que de panégyriques sur l'état des Littérateurs, c'est que ceux d'entre eux qui furent heureux ont été aussi négligens à en informer le public, que ceux qui furent malheureux ont été attentifs à l'intéresser à leur sort (2) ?

Examinons rapidement si la culture des Sciences et des Lettres offre en effet des jouissances, et quelles sont ces jouissances. Peut-être nous confirmerons-nous

---

(2) Voyez ci-après la note (a) à la fin.

dans nos conjectures; peut-être nous dirons-nous que si des Gens de Lettres ont été en effet malheureux, leurs successeurs n'ont en cela pas plus à gémir que les autres hommes, parce que le mal comme le bien étant le partage de l'humanité, ils ne doivent pas en être exempts; peut-être même conclurons-nous que, comparativement aux autres, leur profession offre encore plus de jouissances que de peines.

Supposons d'abord le Littérateur ( je désigne aussi par ce nom celui qui s'attache plus aux Sciences qu'à la Littérature proprement dite ); supposons le Littérateur placé dans la société, abstraction faite de toute destination spéciale, et assez favorisé de la fortune pour se passer d'une profession lucrative..., est-il d'existence comparable à la sienne?

Il peut goûter tous les plaisirs des autres hommes, et en avoir de propres à lui seul, c'est-à-dire, les plaisirs aussi exquis que variés que procure l'exercice des facultés intellectuelles : l'étude, la méditation, la composition.

Par l'étude, il s'associe aux recherches des tems les plus reculés, comme à celles du tems présent; i cultive sa mémoire, il rectifie son jugement, il échauffe son imagination, il aiguise son esprit, il éveille son génie. Il accumule sans relâche des trésors, et de trésors d'autant plus précieux, qu'il pourra en use à chaque jour, à chaque instant de sa vie, sans jamais les épuiser; qu'ils seront à l'abri des atteintes de l.

cupidité, et qu'il les conservera avec toute la volupté et sans aucun des soucis de l'avarice. Il est exposé, il est vrai, à se les voir enlever par la main avide du tems ; mais, pour l'ordinaire, ce n'est qu'avec lenteur, avec une espèce de réserve respectueuse qu'elle les dérobe. La mémoire de l'homme studieux ne s'affaiblit que par gradation, et quelquefois elle se ranime à l'instant où il va cesser d'être. C'est la lumière d'une lampe qu'on ne veut point étouffer tout d'un coup, qu'on laisse s'éteindre doucement, en ne lui fournissant plus la substance qui la nourrissait, et qui, au moment où elle va disparaître, jette une courte, mais éclatante lueur.

Aidé de la méditation, il satisfait en quelque sorte, sans aucune dépense, les desirs que la curiosité inhérente à l'homme fait naître en lui à tout moment ; il pénètre autant qu'il est possible dans les secrets innombrables que la nature a cachés au vulgaire ; il fouille dans les profondeurs et dans les replis les plus cachés du cœur humain. Elle lui procure encore un avantage plus précieux : elle lui apprend à connaître ses passions, à les calmer, à les maîtriser, à les diriger vers un but utile, et à éviter par là les précipices où elles jettent trop souvent l'homme irréfléchi, qui n'apperçoit que les fleurs dont elles les couvrent. La méditation, enfin, lui enseigne à marcher, à se conduire d'après ses propres lumières ; à ne pas suivre une routine aveugle, sous la direction de personnes qui auraient elles-mêmes besoin de guides ; à faire, en un mot, usage du plus noble présent de la Divinité, de la raison. Le génie, dit M. Millevoie (3),

.... Aime à parcourir des régions nouvelles ;
Ce n'est point pour ramper qu'il a reçu des ailes.
Le vulgaire ne voit que par les yeux d'autrui ;
Le sage voit, observe, et juge d'après lui.

Enrichi par l'étude, éclairé par la méditation, s'occupe-t-il de composer des ouvrages ? ce sont encore de nouvelles jouissances, des jouissances qu'on ne peut apprécier que quand on en a essayé ; des jouissances bien supérieures à celles de l'ouvrier qui, par habitude et presque par mécanisme, plutôt que par combinaison, parvient à façonner une matière brute. Fixer d'une manière durable une pensée fugitive et incertaine, la développer lorsqu'elle était encore vague ou obscure, trouver celles qui doivent la compléter ( car la composition facilite les découvertes ), l'exprimer avec exactitude ou énergie, pour qu'elle frappe davantage, ... voilà quelques-unes des opérations de l'Homme de Lettres qui le rendent créateur, et qui, à chaque instant, lui font savourer, si l'on peut parler ainsi, la satisfaction d'avoir produit. Plus il a essuyé de difficultés,

---

(3) Discours sur l'Indépendance de l'Homme de Lettres, couronné le 2 janvier 1806, par l'Institut de France.

plus cette satisfaction est vive, et elle s'accroît progressivement à mesure qu'il approche de la fin de l'ouvrage. Qu'on essaye de se peindre les sentimens que devait éprouver Pygmalion, lorsque d'un marbre informe et grossier, il tira peu à peu cette Galatée qui lui inspira une passion frénétique!

J'ai dit que le Littérateur pouvait aussi goûter les plaisirs des autres hommes : j'aurais dû ajouter qu'il sait mieux en jouir. Tourmentés par le besoin de sensations nouvelles, les hommes dépourvus d'instruction cherchent dans des plaisirs où l'imagination ne joue presqu'aucun rôle, à se soulager du fardeau accablant du tems. Ils usent la jouissance ; la satiété les rend bientôt à l'ennui, ce ver rongeur auquel ils cherchaient à échapper. L'Homme de Lettres, au contraire, ne regarde ces plaisirs que comme des distractions ou des délassemens utiles, comme des espèces de diètes (4) avantageuses à l'esprit. Il ne leur accorde qu'une partie de ses loisirs, et toujours trop peu de momens pour en être fatigué ; d'autant plus qu'à l'aide de l'instruction et du goût, il sait leur donner tous les attraits dont ils sont susceptibles. S'ils le récréent, il revient au travail avec des idées plus riantes, un esprit plus souple ; s'ils l'ennuient, il reprend ses études avec plus d'empressement.

---

(4) C'est une pensée de l'illustre Daubenton.

Les observations précédentes s'appliquent à l'Homme de Lettres dans quelque situation qu'il soit placé, et sur-tout à celui qui est doué des dons de la fortune, et qui vit dans le célibat. Voyons s'il perdra ces avantages lorsqu'il voudra contracter le lien qui forme une époque si remarquable dans la vie.

Mais il n'est pas besoin de grands développemens pour démontrer l'utilité dont les Lettres lui seront alors, et par conséquent, la satisfaction qu'elles lui procureront. Simple aspirant à l'hymen, il sera plus assuré de plaire ou de toucher, s'il peut se présenter armé de l'éloquence brûlante de Rousseau, ou aidé des grâces enchanteresses de Voltaire. Ainsi l'on a vu Mirabeau faire oublier, par sa séduisante élocution, la difformité repoussante de ses traits et les dons extérieurs dont la nature avait comblé ses rivaux, l'emporter enfin, sans peine, sur des hommes avec lesquels il se fût gardé d'entrer en concurrence, s'il n'eût pas compté sur ce puissant secours.

Devenu époux, quelles délices ne goûtera-t-il pas à communiquer ses ouvrages à sa compagne ! à la consulter, à interroger en elle ce tact délicat si naturel aux femmes ! à profiter de la critique franche mais aimable d'une tendre amitié ! à lui faire hommage de ses écrits ! à lui rapporter ses triomphes ! à se consoler avec elle de ses disgraces !

Il acquiert bientôt un nouveau titre : il est père. L'éducation et l'instruction de ses enfans n'est pas dirigée par un hasard aveugle. Ce n'est point d'après une réputation souvent usurpée qu'il choisit leurs instituteurs; c'est d'après ses propres lumières, c'est ensuite d'un examen éclairé de toute la sagacité de la tendresse paternelle : que dis-je? lorsque cela est possible, c'est lui-même qui devient leur instituteur, qui s'attache à leur transmettre les acquisitions qu'il a faites dans le domaine des Sciences, et à les conduire dans la carrière délicate de la vie. Où trouver une jouissance comparable à celle de l'homme qui se dit : j'ai élevé mes enfans ; je suis donc une seconde fois leur père ! Quel triomphe plus glorieux que celui du comte de Chatam, lorsque, grâces à ses leçons attentives et lumineuses, il put donner à son pays, pour premier ministre et pour ministre habile, son fils, le trop fameux Pitt, qui touchait à peine à sa 23.me année (5) !

Au milieu de ces jouissances si douces, il peut éprouver des inquiétudes, s'il n'a pas d'abord reçu ou acquis une fortune indépendante ; mais quoique la Littérature ne soit guère, il faut l'avouer, une source de richesses, elle concourra puissamment à lui procurer le nécessaire ou même l'aisance, si utile au bonheur. Il est peu d'emplois où la culture des

---

(5) On assure que le comte de Chatam expliquait chaque jour, à son fils, un chapitre du savant et profond ouvrage de Stewart, sur l'économie politique.

Lettres ne donne des avantages à ceux qui les exer-
cent. Le Littérateur les obtiendra plus facilement que
l'homme peu instruit. Ses ouvrages appelleront sur
lui les regards de l'autorité publique, et pour se faire
connaître, il n'aura pas besoin d'avoir recours à la
ressource souvent humiliante de la protection (6).
Lui devient-elle nécessaire, il n'est presque aucun
pays, dans l'état actuel de la société, où l'on ne
trouve des Mécènes empressés de voler au-devant
des Amis des Lettres, et de réparer envers eux les
outrages de la destinée. D'ailleurs, depuis que les
Gouvernemens sentent tout le prix des lumières, le
nombre des emplois affectés, pour ainsi dire, aux
hommes éclairés, est devenu beaucoup plus considérable. Ainsi, depuis plusieurs années, on leur a
accordé, dans la carrière de l'enseignement, une
foule de postes qui, jadis, étaient reservés aux membres de certains ordres, abstraction faite de leurs
lumières (7).

---

(6) Insensé ! dit M. Fabre, dans le discours qui a obtenu l'accessit
du prix remporté par M. Millevoie.

> Insensé ! qui s'empresse aux pieds de la grandeur
> D'enchaîner son génie, exilé de son cœur.
> Cette chaîne énervant sa pensée asservie,
> Ote à l'ame captive et la flamme et la vie.
> Avec la liberté, qui ne l'inspire plus,
> La gloire fuit ses chants à la faveur vendus.

(7) On sait que les Laïcs peuvent remplir les chaires d'enseignement, qui jadis étaient réservées aux corporations ecclésiastiques ou

Revêtu d'un emploi public, le Littérateur sera-t-il plus à plaindre que d'autres hommes? Il sera sans doute obligé de sacrifier une partie de ses jouissances; mais sage économe du tems, parce qu'il a appris à en user avec sobriété, il en trouvera pour rendre un culte aux Muses. Ce culte lui paraîtra même plus piquant et avoir plus de charmes, à proportion qu'il sera plus rare et que la profession qui l'en détourne sera accompagnée de plus d'ennui; il sera pour lui et un délassement et une source de plaisirs, sans que ses devoirs en souffrent en aucune manière. Loin de-là, ayant acquis, grâce aux travaux littéraires, de la facilité pour exprimer ses idées, il pourra encore éclairer ses contemporains et la postérité sur cette profession. César, en faisant la conquête du Monde, et Frédéric en défendant ou augmentant avec succès son empire, écrivaient des histoires de leurs exploits, où les guerriers trouvent toujours des instructions utiles; Sully et Necker dirigeaient l'administration de la France et en traçaient les principes; Daguesseau rédigeait des lois et en publiait les motifs, ou en développait l'esprit.

Supposons qu'il éprouve ensuite les caprices de la fortune, supposons qu'il soit dépouillé d'un poste

monastiques. Un nouveau bienfait, qu'il ne faut pas oublier, c'est la faculté accordée aux Instituteurs de cumuler des traitemens et des pensions. — *Voyez la loi du 3 brumaire an 4, art. 7.*

brillant et lucratif, sentira-t-il plus qu'un simple citoyen le poids de l'adversité ? Outre que l'Histoire, en lui montrant que tous les hommes sont exposés à des revers, lui aura rendu la résignation moins pénible, les Lettres viendront lui fournir une consolation efficace. Rentré au sein de sa famille, ou confiné dans une retraite ignorée, cette ressource ne lui manquera jamais. Le calme qu'il goûtera, opposé au tumulte où il avait été plongé, lui fera trouver de nouvelles jouissances dans l'étude (8) : il méditera avec plus de fruit ; il composera avec plus de facilité et de maturité. Marius, dans les revers, ne nourrissait son esprit grossier que de projets d'une vengeance féroce, qui coûta des flots de sang à sa patrie, tandis que Cicéron se distraisait des malheurs de la République, en composant des traités de philosophie qui, après deux mille ans, servent encore de leçon à l'Univers.

Le Littérateur aura à peu près de semblables ressources, s'il a toujours été retenu dans la détresse et l'obscurité. Avec leur secours, content d'un étroit nécessaire et sachant se suffire à lui-même, il dédaignera les somptuosités des festins, l'élégance des ameublemens, la recherche des vêtemens, l'éclat des fêtes, toute cette parure d'emprunt, à l'aide de

---

(8) Voyez à la fin de l'Éloge la note (b).

laquelle le vulgaire cherche à se distinguer. Il ne méprisera pas sans doute la considération, mais il l'attendra sans la rechercher; il l'attendra sur-tout de sa conduite et de ses lumières. L'opulence, dit Mad.<sup>me</sup> de Salm (9), lui est inutile :

> Il n'a point, pour briller, besoin de son secours :
> Ses simples vêtemens ne sont vus de personne ;
> Son talent agrandit tout ce qui l'environne ;
> Et le riche orgueilleux, vaincu par son aspect,
> Dans son humble séjour n'entre qu'avec respect.

La plupart des hommes travaillent dans les premiers âges de la vie pour acquérir les moyens d'en passer le dernier avec bonheur; mais en vain se sont-ils accablés de peines, ils manquent leur but, s'ils n'ont connu que les jouissances des sens. Quelles que soient les ressources que nous offre l'opulence, elle ne saurait arrêter les ravages du tems sur nos organes ; tout son pouvoir se borne à adoucir les souffrances de la vieillesse. Il n'en est pas de même pour ceux qui ont exercé leurs facultés intellectuelles, parce que, comme nous l'avons remarqué, ce sont les facultés de l'homme qui, presque toujours, s'éteignent les dernières. Comparez la vieillesse du riche à celle du Littérateur : que de différences à l'avantage de celui-ci! L'un est souvent importun, quelquefois à charge à sa famille et à ses amis ; il exige sans

---

(9) Épitre sur les Devoirs et l'Indépendance des Gens de Lettres.

cesse des soins et des peines, et il ne donne en retour
que de l'humeur; il fait plus d'une fois soupirer après
sa mort. L'autre appelle les mêmes soins par ses
lumières; on va au-devant de ses desirs par une juste
reconnaissance des services qu'il a rendus ou des
plaisirs qu'il a procurés, et de ceux qu'il peut rendre
ou procurer encore. Son imagination, il est vrai, s'est
refroidie, il est hors d'état de produire quelqu'un de
ces ouvrages qui exigent le feu de la jeunesse; mais
fort d'une longue expérience, il a un goût plus sûr,
il est plus en état de guider, d'instruire et de corri-
ger. On le consulte comme un oracle, et l'on recueille
avec avidité les étincelles que son génie affaibli,
mais non pas éteint, jette de tems en tems. S'il man-
que d'énergie, il lui reste la grâce qui plaît toujours,
dans tous les siècles, à tous les peuples, à tous les
sexes. Voltaire échoua dans ses dernières tragédies;
mais presque octogénaire, il mit au jour les contes
charmans de l'Ingénu et de la belle Arsène (10).

Est-il enfin tout-à-fait hors d'état de composer?
les attraits de sa conversation lui suffisent pour attirer
et captiver les égards et les soins de la jeunesse. Rien
de si aimable et de si piquant que l'entretien du
vieillard qui a couru la carrière des Lettres : à près
de cent ans, Saint-Aulaire et Fontenelle fesaient les
délices des sociétés les plus spirituelles de la capitale.

_____

(10) Le Conte de la Béguoule.

Mais il est une autre jouissance qui seule suffirait pour adoucir et même pour embellir la vieillesse de l'Homme de Lettres ; que dis-je ? une jouissance qu'il a goûtée dans tout le cours de sa carrière, et qui a sans cesse mêlé des fleurs aux ronces dont elle était semée : c'est l'espoir de vivre dans l'avenir.

Je ne parle point, on le voit, de la gloire actuelle. Sans doute beaucoup de Gens de Lettres ont été honorés et appréciés de leur vivant ; mais cette faveur a été refusée ou accordée à un prix trop cher au plus grand nombre. La médiocrité se venge presque toujours de la supériorité du talent, en cherchant à le rabaisser par la critique, ou en le déchirant avec la satyre, ou en le flétrissant avec la calomnie. L'envie ne s'arrête que lorsque son œil n'est plus blessé de l'éclat du génie ; elle ne dépose les armes que sur son tombeau.

Dirait-on, avec un fameux poëte, qu'une renommée accordée après la mort ne peut être une jouissance ; qu'il n'y a de jouissance réelle que celle que nous goûtons nous-mêmes (11) ? Je répondrai que le simple espoir de la renommée est aussi une jouissance, et une jouissance de tous les tems. A chaque instant de sa vie, le Littérateur peut se dire : J'ai été méconnu ou calomnié ; mais je laisse dans mes écrits des monumens de mes talens, des témoignages

---

(11) V. Juvenal, Satyre 10.

292

de la pureté de mes intentions. Conservés par l'Imprimerie (12), ces monumens et ces témoignages
ne périront jamais : tôt ou tard ils m'obtiendront
une justice éclatante ; tôt ou tard on m'accordera
de la reconnaissance pour l'agrément que j'aurai
procuré, ou les services utiles que j'aurai rendus.
Si mes Contemporains m'ont dédaigné, leurs neveux
célèbreront peut – être mon apothéose ; et nouvel
Homère, ou nouveau d'Alembert, qui sait si plusieurs villes ne se disputeront point l'honneur de
m'avoir donné le jour? ou si le plus grand des Héros
ne placera pas ma statue au milieu de la première
Académie du monde (13)?

Ces réflexions du Littérateur seront sans doute
taxées d'enthousiasme et d'amour-propre exagérés.
Elles sont néanmoins justifiées, en partie, par les
monumens que les peuples érigent souvent aux Écrivains les plus illustres qu'ils ont produits, et sur-tout
par le soin qu'ils ont presque toujours de citer leur
nom. Il n'est aucun ouvrage descriptif où, à côté de
ce qu'il y a de plus remarquable et de plus magni-
fique dans un pays, l'on n'indique ses Auteurs, pour
peu qu'ils se soient distingués. Les voyageurs arri-
vés des contrées les plus lointaines, recherchent la

(12) Voyez à la fin de l'Éloge la note (c).
(13) Voyez à la fin de l'Éloge la note (d).

chaumière qu'ils habitèrent (14), et les images qui
reproduisent leurs traits, avec autant d'avidité que
les palais et les tableaux où l'architecture et la pein-
ture ont déployé toutes leurs ressources pour étonner
nos regards.

Mais l'amour-propre n'est pas le seul mobile de la
jouissance que cause l'espoir de la renommée; c'est
encore le plaisir naturel attaché à l'existence, et
la répugnance également naturelle qu'on a pour le
néant. Des milliards d'êtres animés ont peuplé l'Univers ; s'ils n'ont laissé aucun monument de leur
existence, à peine le souvenir s'en propage - t - il
jusques à trois ou quatre générations, et dans leur
seule famille. Le Littérateur, au contraire, sait qu'il
existera toujours dans ses ouvrages, s'ils offrent
de l'intérêt ou de l'instruction; il sait qu'ils seront
recherchés avidement par ses descendans les plus
éloignés, qui souvent attacheront plus de prix à cet
héritage qu'à une succession opulente : il espère
enfin que dans des siècles reculés, ceux qui ne tien-
nent point à sa famille, s'occuperont aussi de lui....
Ranimé par cet espoir, par cette espèce de certitude,
il parcourt avec plus d'assurance la carrière bornée

---

(14) Est-il rien de plus touchant que l'hommage rendu à Massillon
par un de ses grands-vicaires, qui s'évanouit en montrant à un voya-
geur la chambre où était mort cet éloquent prélat ? — Voyez son
éloge dans l'Histoire de l'Académie par d'Alembert.

qui lui est assignée ; il en essuie avec plus de cou-
rage les tempêtes ; il franchit avec plus de calme les
précipices dont elle est semée. Ma dépouille peut
périr, s'écriait Buffon ; mais quoi qu'il arrive, je suis
immortel ! L'homme obscur, dit M. Millevoye (15),

> L'homme obscur peut frémir : tout entier il succombe,
> Et l'éternel oubli vient peser sur sa tombe.
> Le Sage ne meurt point ; sous la main des bourreaux,
> Il défend à la mort d'effacer ses travaux.
> Il la voit, il l'attend sans pâlir d'épouvante :
> Le Grand-Homme n'est plus, mais sa gloire est vivante.

J'ai observé que l'Homme de Lettres ne devait
guère compter, pendant sa vie, sur les jouissances de
la réputation, ou du moins qu'elles étaient souvent
achetées bien cher. Il n'est pas cependant dépourvu
de ressources à cet égard : il trouve sur-tout dans
les associations littéraires, une ample indemnité de
ses peines.

Là, entouré de ses pairs, il redouble d'efforts
pour agrandir le domaine des Lettres, parce que,
loin de craindre un murmure désapprobateur, il est
assuré d'être écouté avec un silence indulgent. Au
lieu d'une satyre amère et désespérante, il en reçoit
des encouragemens et des conseils ; au lieu d'en-
vieux, il trouve des amis ou plutôt des parens. Sa

---

(15) Discours déjà cité.

gloire n'est point un sujet de chagrin, mais de satisfaction pour ses collègues, parce qu'elle donne un
nouveau lustre à leur association.

Il y peut essayer l'effet de ses ouvrages avant de
courir les hasards de la publication. Passés à un tel
creuset et appuyés de tels suffrages, ils ont en leur
faveur plus de chances de succès. S'il éprouve des
censures injustes, souvent ses collègues se chargent
de repousser les attaques contre lesquelles, trop
timide dans la solitude, il n'eût osé se défendre.

A-t-il besoin de renseignemens de contrées étrangères? il les obtient par leur entremise. Plaçant leur
patrie dans tous les pays où l'on cultive les Sciences
et les Lettres, ils le mettent en relation avec les peuples même que la guerre éloigne de nous. Les simples
citoyens de deux États ennemis se voient avec répugnance, et les soldats se combattent; les Gens de
Lettres, au contraire, se consultent et s'accueillent.
L'Institut de France correspondait avec la Société
royale de Londres, au moment où la valeur de nos
armées enlevait ses conquêtes à l'Angleterre (16).

Les Académiciens ne bornent pas là leurs soins
pour un Collègue probe, laborieux et instruit : vivant,

---

(16) On doit aussi se rappeler l'ordre qui fut donné par Louis XVI
en 1779, au commencement de la dernière guerre, de respecter les
vaisseaux du capitaine Cook, parce que leur expédition n'avait pour
but que les progrès des Sciences.

ils l'encourageaient, le consolaient, le chérissaient:
mort, ils donnent des larmes à sa mémoire; ils accom-
pagnent sa dépouille jusqu'à sa dernière demeure;
ils jettent des fleurs sur sa tombe; ils lui décernent
des honneurs; ils se chargent de transmettre ses
actions à la postérité, ou ils fournissent à son historien des matériaux sûrs et exacts; ils réclament pour
lui l'avantage d'être inscrit sur les fastes des bien-
faiteurs de l'humanité.

Les membres de la Société des Sciences et des Arts
de Grenoble, par leur conduite dans leurs relations
mutuelles, m'ont fourni, Messieurs, la plupart de
mes observations sur les jouissances et les avantages
que les Académies procurent aux Gens de Lettres:
ils les justifieront de nouveau dans cette séance. En
témoignage de l'affection qu'ils se portent, de l'union
qui règne entre eux, de leur éloignement pour toute
espèce de rivalité et de jalousie, et de leur empressement à célébrer, soit les Grands-Hommes de leur
pays, soit le mérite des Confrères estimables qu'ils
eurent l'avantage de posséder, ils soumettront à
l'Assemblée recommandable qui les honore de sa
présence, des ouvrages d'Associés résidans et d'Associés étrangers, d'Associés existans et d'Associés
qu'ils ont perdus; ils lui parleront des Dauphinois
illustres dont ils ont voulu rendre la gloire pour ainsi
dire vivante, en rappelant leurs traits au public; ils
feront l'éloge historique d'un Collègue décédé depuis

peu (17). La Société de Grenoble concourra donc à établir la vérité de la proposition dont j'ai esquissé les preuves : La culture des Lettres et des Sciences offre beaucoup de jouissances, et peut-être plus de jouissances que la pratique des autres professions (18).

---

(17) Voyez ci-après la note (e).
(18) Voyez ci-après la note (f).

# NOTES

*Renvoyées à la fin du Discours.*

---

(*a*) *Note correspondant à la page 2 du Discours.*

M. Coupé a donné ( Soirées Littéraires, tomes 14 et 16 )
une analyse de trois ouvrages qui ont été publiés dans ce sens.
Le nombre des Gens de Lettres dont on y peint les malheurs
est si considérable, que les observations présentées dans notre
Discours semblent être réfutées d'avance, et par le meilleur des
argumens, celui des faits. Il est donc nécessaire d'examiner avec
quelque soin ces ouvrages.

Le 1.er a pour titre, *Du malheur des Gens de Lettres, traduit
du latin de J. Pierius Valerianus, contenant les infortunes de
cent dix-huit Écrivains célèbres de son tems* (*).

Cet ouvrage est un dialogue entre plusieurs savans que l'on
suppose s'être réunis en 1534. Presque dès le début, l'un d'eux
s'exprime ainsi : « L'Italie n'est pas la seule contrée où l'on per-
» sécute tout ce que la Littérature a de plus respectable et de
» plus brillant. Est-il un pays en Europe où, depuis 40 ans, la
» foudre ne tombe sur ces têtes précieuses? . . . . . etc. » C'est
donc pendant le commencement du 16.e siècle qu'ont vécu les
118 infortunés dont il parle, c'est-à-dire, pendant les règnes de

---

(*) M. Coupé impute à Voltaire d'avoir cité cet ouvrage dans la préface d'Alzire, d'une manière à prouver qu'il ne l'avait jamais lu. Nous ne
trouvons cependant aucune mention de ce même ouvrage dans la préface
d'Alzire, édition de Beaumarchais.

Léon X et de François I.er, des deux restaurateurs de la Littérature, et de Louis XII, qui ne lui fut guère moins favorable. Il faut convenir que si les Littérateurs ont été malheureux dans ce siècle, ce serait presque une folie d'en chercher quelqu'autre où ils eussent obtenu de la félicité. Pour ne parler que de Léon X, son dernier historien ( W. Roscoë ) a donné un tableau rapide de ses bienfaits envers eux. Ces bienfaits, dit cet auteur, étaient libéralement accordés non-seulement aux Savans, aux Littérateurs, aux Artistes, mais encore à tous ceux qui possédaient un talent quelconque, propre à faire diversion aux études sérieuses, et à amuser les loisirs du riche. . . . Il cite ensuite un grand nombre de Gens de Lettres que ce Pontife ou ses successeurs comblèrent d'honneurs et de richesses. Il suffira d'indiquer ici Tebaldeo, de Ferrare; Bernard Accolti, d'Arezzo; Pierre Bembo, Agostino Beazzano, Jean - Georges Trissino, Jean Rucellai et Jacques Sadolet. — Quelques-uns d'entre eux furent Évêques et Cardinaux.

Voilà comment les Littérateurs étaient traités en Italie. L'étaient-ils moins bien en France ? Ce n'est pas seulement sous François I.er, nous l'avons dit, que les Sciences et les Lettres furent favorisées; il avait été devancé sur ce point par le bon Louis XII. « Tout le tems, observe-t-on, tout le tems » qu'il pouvait dérober aux affaires publiques, il le passait » volontiers dans l'entretien des Savans, ou dans l'étude des » précieux monumens de l'Antiquité. Il avait attiré en France » les Hommes de Lettres les plus célèbres de l'Italie, auxquels » il payait de fortes pensions jusqu'à ce qu'il les eût pourvus » de bénéfices ou d'emplois honorables. Quelques-uns furent » chargés d'ambassades; d'autres restèrent attachés à la Cour, » en qualité de Maîtres des requêtes; enfin il parvint à en fixer » quelques-uns dans l'Université de Paris. » — *Hist. de France par Garnier, tome 22, page 541.*

Ce récit est confirmé par M. Gaillard, dans son Histoire de

François I.<sup>er</sup> ( in-12, 1769, tome 7, liv. 8, ch. 1.<sup>er</sup> ). Entre autres
Savans comblés des bienfaits de Louis XII, il cite Jean de Las-
caris, que le Prince fit ambassadeur, et Jérôme Aléandre, auquel
il donna une pension de 500 écus d'or. Il ajoute, d'après le
témoignage de Mézerai, que tous les Rois de France, excepté
Philippe de Valois, ont aimé et favorisé les Lettres.

Quant à François I.<sup>er</sup>, il faudrait copier une grande partie des
derniers volumes du même ouvrage, pour donner une idée juste
de ce qu'il fit en faveur des Gens de Lettres : forcés d'abréger,
nous indiquerons rapidement les noms des principaux, et les
emplois où les portèrent leurs talens. On verra les détails des
faits qui les concernent dans les chapitres 2, 3, 4 et 5 du livre 8.<sup>e</sup>
Il faut remarquer que presque tous obtinrent ces emplois avant
ou peu après l'époque où écrivait Valerianus.

| | |
|---|---|
| 1. Benoît Taille - Carne. | Précepteur des enfans du Roi; Évêque de Grasse. |
| 2. Etienne Poncher...... | Évêq. de Paris; Garde des sceaux; Archevêque de Sens. |
| 3. Guillaume Petit...... | Évêque de Troyes et de Senlis. |
| 4. Guillaume Cop....... | Premier Médecin du Roi. |
| 5. Pierre Duchatel...... | Lecteur du Roi; Évêque de Tulle et de Mâcon. ( Henri II le fit ensuite Évêque d'Orléans et Grand-Aumônier ). |
| 6. Pelissier........... | Évêque de Montpellier; employé aux négociations de la Paix de Cambrai. |
| 7. Jacques Colin....... | Lecteur et Aumônier du Roi; plusieurs Abbayes. |
| 8. Martin.... 9. Guillaume. 10. Jean..... 11. René..... } Dubellay. | Comblés d'honneurs. L'un d'eux fut Évêque de Paris, Cardinal, Ambassadeur; un autre, Évêque du Mans. |

12. Guillaume BUDÉE...... { Maître des requêtes; Prévôt des Marchands ; Intendant de la Librairie ; Ambassadeur.

13. ÉRASME. ............. { Tous les Rois, et la plupart des Potentats de l'Europe, se disputaient à qui pourrait le fixer dans leurs États.

14. DUPRAT............. Chancelier de France. ⎞
15. POYET.............. Idem........... ⎟ C'étaient de simples
16. MONTHELON.......... Garde des sceaux.... ⎬ Avocats,
17. LIZET.............. 1.er Président...... ⎟ qui parvinrent par leur
18. MARILLAC............ Avocat-Général..... ⎟ mérite.
19. Christophe DE LONGUEIL. Conseiller. ........ ⎠

20. Paul PARADIS.........
21. Agathio GUIDACERIO....
22. François VATABLE.....
23. Pierre DANÈS.........
24. Jacques TOUSSAIN......
25. Jean CHERADAME......
26. Denis CORONÉ........
27. Barthélemi LEMASSON...
28. Pierre GALAND........
29. Martin POBLACION.....
30. Oronce FINÉ.........
31. Guillaume POSTEL......
32. Paschal DUHAMEL.....
33. Vidus VIDIUS.........

Professeurs au Collége royal établi par François I.er
Il fit venir plusieurs d'entre eux des pays étrangers.
Plusieurs eurent, en outre, divers emplois ou bénéfices. Ainsi, Vatable fut Abbé de Bellozane; Danès fut chargé de diverses négociations, Précepteur du Dauphin, Évêque de Lavaur.

34. Lazare DE BAÏF....... { Maître des requêtes et Ambassadeur.

35. Louis ALAMANT ....... { Maître - d'hôtel de la duchesse d'Orléans. ( C'est W. Roscoë qui a donné une notice sur cet Auteur. )

Les Artistes ne furent pas moins favorisés. On cite, entre autres, Léonard de Vinci, maître Roux, Salviati, Primatice.

Lorsqu'on jette un coup-d'œil sur les remarques précédentes, il est difficile de concevoir que ce soit dans le même tems que les 118 Littérateurs dont parle Valerianus, aient été en butte à l'infortune. Mais la surprise cesse, quand on examine avec quelque attention son Traité.

Une première réflexion qu'on fait en le lisant, c'est que presque tous ces Littérateurs furent des hommes obscurs, dont le nom n'est connu que par Valerianus. Est-il extraordinaire que peut-être dépourvus, pour la plupart, de mérite, les honneurs et la fortune leur aient manqué ? Eussent-ils obtenu davantage en se livrant à d'autres professions ?

Mais en supposant même que pour donner plus d'intérêt à son ouvrage, Valerianus ne les ait pas célébrés plus qu'ils n'en étaient dignes, la Littérature ne devrait point être accusée de leurs disgraces, puisque, placés également dans d'autres professions, ils n'eussent pu les éviter. L'Italie, à cette époque, était pleine de désordres, soit à cause des invasions et des guerres continuelles des Français, des Allemands, des Espagnols, etc. soit à cause du défaut de police, des dissentions civiles et religieuses, etc. . . . . . Les Littérateurs ont dû, comme de simples citoyens, être les victimes de ces désordres.

Sur les 118 illustres de la liste de Valerianus, nous en comptons,

1.º 21 qui ont été tués à la prise de Rome ou d'autres villes, ou qui sont morts de misère, après y avoir été dépouillés de leurs biens;

2.º 12 morts de la peste ou de ses suites;

3.º 12 assassinés par des brigands ou voleurs;

4.º 5 exécutés pour conspirations, ou comme compris dans des conspirations;

5.º 2 *Idem* pour hérésie.

Voilà déjà près de la moitié de la liste de Valerianus qu'on peut effacer.

Nous n'imputerons pas mieux à la Littérature les morts prématurées, causées par des accidens, tels que des chûtes de cheval, des naufrages, des foudres d'eau, ou par des maladies, telles que la fièvre, l'éléphantiasis, le coup de sang, etc. etc. Ce sera encore dix-huit personnes à retrancher de la liste.

Nous en ôterons aussi quatorze, qu'on dit être morts jeunes ou subitement, mais sans nous apprendre les causes de leur mort; six qui se sont tués, sans que l'Auteur sache pourquoi; trois, que le chagrin de la perte de leurs amis a fait succomber; quatre, que la crainte d'être volés rendit fous, etc. etc.

Nous n'y laisserons pas non plus, 1.º Jean de Lascaris : la conquête de son pays par les Turcs n'a rien de commun avec les Lettres; les Lettres, au contraire, lui procurèrent une fortune brillante en France, ainsi que nous l'avons remarqué; 2.º Christophe de Longueil, dont nous avons aussi parlé, et à qui elles ne furent pas moins utiles. Il mourut, il est vrai, à 34 ans, mais rien n'annonce qu'elles aient avancé le terme de sa carrière; etc. etc.

Enfin, après avoir parcouru avec attention cette longue liste, nous n'avons trouvé que *huit* Auteurs qui eussent dû y être compris, soit parce que leur profession causa leur mort, soit parce qu'elle ne put les tirer de la misère; encore pourrions-nous présenter quelques observations sur plusieurs d'entre eux.

LE second ouvrage analysé par M. Coupé ( tome 16 ), est un supplément à celui de Valerianus. Il a été composé par Corneille Tollius, et l'on y donne une liste de *quarante - neuf* Savans infortunés, tant Italiens que Français. Ces Savans ont vécu, en général, dans les 15, 16 et 17.<sup>e</sup> siècles.

Cet espace de tems est, on le voit, assez considérable pour qu'il ne fût point extraordinaire de recueillir les noms de quelques infortunés Gens de Lettres qui y aient vécu; car, nous le répétons, nous n'avons pas entendu prouver qu'ils n'étaient pas exposés au malheur, mais seulement qu'ils n'avaient pas plus de chances fâcheuses à courir que les autres hommes. Néanmoins, si l'on examine encore avec soin l'ouvrage de Tollius, on reconnaît bientôt qu'il pèche par les mêmes défauts que celui de Valerianus, c'est-à-dire, en imputant à la Littérature des accidens qui lui sont étrangers.

Ainsi, nous sommes en droit de retrancher de sa liste quinze Gens de Lettres qui ont péri dans les massacres ou les désordres des guerres civiles ou religieuses; huit qui ont été assassinés; trois qui ont été victimes de l'ignorance des médecins; deux à qui l'amour fit perdre la raison, etc.

Enfin, après un examen scrupuleux, la liste des quarante-neuf peut être réduite à *dix;* encore y aurait-il aussi des observations à présenter sur quelques-uns de ces derniers.

L E troisième ouvrage extrait par M. Coupé ( tome 16 ) est plus effrayant que les précédens, si l'on s'en rapporte uniquement à son titre. Il contient, en effet, une notice des calamités de *cent trente-deux* personnes, prises dans la seule classe des poëtes grecs.

Mais lorsqu'on l'examine également de près, cet appareil pompeux de misères perd presqu'entièrement son horrible éclat, et l'on est tenté de penser que Joseph Barberius a voulu faire un pur jeu d'esprit.

En effet, et qui pourrait le croire? il compte dans ses cent trente-deux infortunés Littérateurs, des empereurs ou princes ou princesses, tels qu'Auguste, Tibère, Germanicus, Néron, Titus, Adrien, et Eudoxie, épouse de Théodose le jeune :

Des personnages purement fabuleux, tels que Linus fils, et Pierius, petit-fils d'Apollon; Asbolus, poëte des Centaures; Arion, Hercule, etc.; et il n'y a pas moins de trente-deux personnages de ce genre :

Trente - six qui ont été les victimes de leur méchanceté ou de leur débauche;

Sept qui ont été assassinés;

Huit qui ont été victimes des dissentions civiles ou de la cruauté des tyrans;

Neuf morts de maladies, ou d'excès, ou d'accidens.

Il pousse la dérision jusques à considérer comme malheureux, deux Auteurs, dont l'un mourut de plaisir et l'autre de joie.

Enfin, soit qu'il ait mal fait son compte, soit que l'extrait publié soit incomplet, il ne donne les noms que d'environ cent douze poëtes des deux sexes, au lieu de cent trente-deux.

On voit si nous avons eu tort de ne pas beaucoup nous effrayer du titre de l'ouvrage de Barberius.

L'EXAMEN que nous venons de faire de cet ouvrage, et des deux précédens, nous semble une preuve de nos conjectures sur la cause des plaintes que font les Gens de Lettres : on a été plus frappé du sort de ceux d'entre eux qui éprouvèrent des malheurs, que de ceux qui furent favorisés par la fortune. Si l'on oppose, en effet, aux huit Littérateurs auxquels on peut réduire la liste des cent dix - huit infortunés du tems de Valerianus, le catalogue nombreux de ceux que Louis XII, Léon X et François I.er comblèrent, à la même époque, d'honneurs et de biens, pourra-t-on continuer à gémir sur le sort des Amis des Lettres ?

Nous pourrions completter cette preuve en présentant un tableau de ceux qui, à d'autres époques, furent également bien traités; mais ce travail, qui exigerait beaucoup de tems, nous paraît peu utile. Il suffit de citer les siècles de Périclès, d'Auguste, de Charlemagne, de Richelieu, de Louis XIV, et celui qui vient de finir, pour prouver que cette tâche ne serait pas difficile à remplir.

(*b*) *Note correspondant à la page 12 du Discours.*

On sait que Chamfort décriait beaucoup la profession des Gens de Lettres, quoiqu'il lui dût sa fortune. Il ne put cependant nier la jouissance qu'elle procure au moins dans la retraite. Le passage suivant peint avec énergie ces deux sentimens contradictoires.

« Vous voyez, par ce fait, la profonde impression de *haine et de mépris* que j'ai pour les Lettres, considérées comme métier et comme état dans le monde. Hé bien ! je les aime plus que jamais comme culture de l'ame. Elles me prennent presque tous mes momens depuis que j'ai retrouvé mes facultés, après la perte irréparable que j'ai faite l'été dernier ; tant il est vrai que la nature et l'habitude sont également indomptables. Les Lettres seront un de mes plus grands plaisirs dans ma retraite, et d'avance elles lui prêtent déjà des charmes. Assurément, c'est bien sans amour de gloire, sans manie de postérité. Accordez cela, si vous pouvez ; mais soyez sûr que rien n'est plus vrai. » *Lettre du 4 avril 1784, insérée dans la Revue de 1807, tome 2.*

(*c*) *Note correspondant à la page 16.*

Un des plus grands avantages de l'Imprimerie, est celte conservation des productions des Gens de Lettres. Quelque multipliées que fussent les copies manuscrites des anciens ouvrages, elles n'ont pu en sauver un grand nombre des ravages du tems. Pour n'en citer qu'un exemple, nous avons perdu cent trente ouvrages du seul Plutarque, quoique cet auteur soit un des plus célèbres de l'antiquité, et qu'il n'existât pas à une des époques les plus reculées ( il est mort au 2.e siècle de notre ère ). . . . . Mais les manuscrits d'un auteur n'étaient guère copiés que dans son pays, et copiés seulement pour les gens qui jouissaient de quelque opulence. Une grande révolution, une invasion de barbares, pouvaient plus facilement les anéantir. . . . Grâces à l'imprimerie, les exemplaires des bons ouvrages sont en si grand nombre, qu'il est à peu près impossible qu'ils périssent tous dans des catastrophes semblables à celles qui détruisirent l'empire Romain. Et quand on supposerait qu'un tel malheur pût arriver, il ne serait point irréparable. Si une invasion anéantissait toutes les bibliothèques de la France et même de l'Europe, on y suppléerait bientôt par celles des autres parties du monde. Racine, Milton, le Tasse, le Camoëns, Klopstock, et à plus forte raison, Newton, Euler, d'Alembert, Spallanzani, Linneus, Buffon, etc. se trouvent à Philadelphie, à Mexico, à Lima, au Cap, à l'Isle-de-France, à Madras, à Batavia, et peut-être même à Pékin, tout comme à Paris.

Pour donner une idée de la rareté des copies de manuscrits, du moins en comparaison des exemplaires imprimés, il suffit d'indiquer les prix qu'elles coûtaient; prix qui devaient d'autant plus être hors de la portée des simples particuliers, que les richesses étaient moins considérables et le numéraire moins abondant. Il en coûta à Louis XI douze marcs d'argent et vingt livres sterling pour emprunter et faire copier les Œuvres du médecin Rasis; et il fallut en outre fournir une caution de cent écus d'or. Des concordances de la Bible se vendaient cent écus; un Tite-Live, cent vingt; les vies de Plutarque, soixante et dix. — *Voyez l'Histoire de François I.<sup>er</sup> par Gaillard, livre 8.<sup>e</sup>, ch. 1.<sup>er</sup>*

Aujourd'hui un Tite-Live, d'une édition à l'usage des étudians, ne coûte guère que 20 à 5o sous; et assurément, quelque incorrectes que soient ces sortes d'éditions, elles sont bien moins fautives par rapport aux éditions recherchées, que ne l'étaient les copies par rapport aux manuscrits originaux, puisqu'il n'y a pas de copies qui n'offrent une foule de variantes. Ainsi, il

308

n'en coûte pas la centième partie du prix ancien pour avoir un exemplaire plus exact de cet Auteur classique.

Il est vrai que les ouvrages peu estimés ou peu utiles ne se vendent guère, et n'ont pas toujours les honneurs d'une seconde édition ; mais une passion ridicule à certains égards, et fort utile sous d'autres points de vue, les préserve de la destruction : j'entends parler de la passion des Bibliomanes. Plus un livre est rare, c'est-à-dire, fort souvent, moins il a de mérite réel, plus ils le recherchent avec zèle et le conservent avec soin. Si Servet eût existé avant l'Imprimerie, il est vraisemblable que sa justification eût péri, tandis que ses ouvrages se trouvent dans toutes les bibliothèques des amateurs de livres coûteux.

(d) *Note correspondant à la page 16.*

Ce que L'EMPEREUR vient d'ordonner par rapport à d'Alembert, est en effet bien propre à consoler les Gens de Lettres qui craignent, qu'à l'exemple de tant d'hommes illustres, ils ne soient déchirés et calomniés après leur mort, au moment où il ne reste d'eux que leurs ouvrages, pour toute défense contre la satyre et l'esprit de parti. Ce Savant illustre est depuis fort long-tems en butte aux traits les plus caustiques et les plus empoisonnés. Le GRAND NAPOLÉON l'en a vengé. Sa lettre est trop honorable aux Sciences et aux Lettres, pour que nous ne la rapportions pas ici.

« Monsieur de Champagny, vous ferez placer dans la salle » des séances de l'Institut la statue de d'Alembert, celui des » mathématiciens français qui, dans le siècle dernier, a le plus » contribué à l'avancement de cette première des sciences. Nous » désirons que vous fassiez connaître cette résolution à la pre-» mière classe de l'Institut, qui y verra une preuve de notre » estime et de la volonté constante où nous sommes d'accorder » des récompenses et de l'encouragement à des travaux qui » importent tant à la prospérité et au bien de nos peuples. »

(6) *Note correspondant à la page 21.*

Voici la notice de cette séance, telle qu'elle est rapportée dans les Annales de l'Isère, du 29 avril 1807 :

« La Société des Sciences et des Arts de Grenoble a tenu sa séance publique annuelle, le 20 avril, à la Mairie. M. Berriat-Saint-Prix, professeur à l'École spéciale de Droit, *président*, occupait le fauteuil.

» Il a ouvert la séance par un Discours où il a exposé les avantages attachés à l'état d'Homme de Lettres.

» M. de Vidaud-d'Anthon a lu une *Notice sur les Portraits des Grands - Hommes de la Province*, dont l'Académie doit orner la salle de ses séances ( 1 ).

» M. Fourier, préfet du département, a communiqué le résultat des diverses expériences qu'il a fait faire sous ses yeux, concernant l'art de blanchir le linge ou les toiles par l'exposition à la vapeur, selon la méthode de M. Curaudau. Les résultats nombreux de ces expériences ne laissent aucun doute sur l'utilité de cette pratique.

» M. Berriat-Saint-Prix a lu un mémoire sur *la Fièvre puerpérale*, ouvrage posthume de M. le docteur Trousset.

» Cette lecture a été suivie de celle qu'a faite M. Mauclerc, d'une *Épitre en vers sur la Bouillote*, par M. J. B. Perrier, associé-correspondant.

» La séance a été terminée par l'*Éloge historique de M. le docteur Trousset*, prononcé par M. Champollion-Figeac, secrétaire, »

---

( 1 ) Les portraits terminés et qui ont été exposés à cette séance publique, sont ceux de Bayard, Valbonnais, Bourcet, Mably, Condillac, Vaucanson, Mounier et Dolomieu.

*( f ) Note correspondant à la fin du Discours.*

Astreints à des limites étroites par la nature de la séance où nous devions prononcer ce Discours, on sent que nous n'avons pu qu'esquisser et esquisser faiblement un tableau qui eût exigé de plus grands développemens et un pinceau plus exercé. Ainsi, nous n'avons rien dit de la critique et sur-tout de la satyre littéraires, dont l'une blesse souvent quelques Littérateurs, et l'autre est pour un très-grand nombre un véritable fléau.

Il n'y a qu'un amour-propre bien mal-entendu qui puisse s'offenser d'une critique véritable, c'est-à-dire, d'un examen impartial des beautés et défauts d'un ouvrage. Quant à la satyre, elle est sans doute répréhensible en elle-même, puisque fermant obstinément les yeux sur les beautés, et ne s'attachant qu'à dévoiler ou même créer les défauts, elle ne peut être que le fruit de l'envie et de la malveillance, et que souvent elle décourage le talent naissant ou arrête le génie dans sa carrière. Mais outre qu'elle n'acquiert guère de l'importance que lorsque ceux qui en ont été l'objet y prêtent trop attention, on doit considérer que c'est un inconvénient presque inévitable et qui a aussi ses avantages.

> . . . Par les envieux un génie excité,
> Au comble de son art est mille fois monté.
> Plus on veut l'affaiblir, plus il croît et s'élance.
> Au Cid persécuté Cinna doit sa naissance;
> Et peut-être ta plume, aux censeurs de Pirrhus,
> Doit les plus nobles traits dont tu peignis Burrhus.
>
> BOILEAU.

On doit sur-tout considérer que ce triste aliment offert à la malignité par l'envie, périt presque toujours avant d'avoir porté la moindre atteinte à la réputation qu'il devait détruire, ou même empêcher de naître. Nul homme ne fut plus assailli de satyres que Boileau; il en avait, disait-il plaisamment, rassemblé *un pied cube.* Eh bien! les ouvrages de Boileau se réimpriment tous les jours; ils sont entre les mains et gravés dans la mémoire de tous ceux qui lisent, tandis que la plupart des critiques de ses contemporains sont ignorées aujourd'hui, que quelques-unes n'ont échappé au néant que grâces aux soins des Bibliomanes, et qu'à-coup-sûr aucun libraire ne serait assez insensé pour les publier de nouveau.

*F I N.*

313

314

316

317

318

www.ingramcontent.com/pod-product-compliance
Lightning Source LLC
Chambersburg PA
CBHW071254210626
46818CB00013B/1434